U0082790

星系明體

目錄 CONTENT

★輯一／ 星系

★輯二／　明體

★輯四／　距離正在遙遠

目錄 CONTENT

愛無止盡

須文蔚 ／ 國立東華大學華文文學系特聘教授、詩人

你寫了許多詩在課堂或夜裡的專題上，記得絕大多數都是情詩，無論同齡的詩人如何轉而關注罕見疾病、原住民處境或是性別政治等議題，學社會學的你總是不為所動，專心抒情，愛無止境。

你的詩集《星系明體》與「新細明體」諧音，將情愛的追尋翱翔至星空宇宙，或是將情意寄寓於無邊的浪潮洋流中，都可以發現你出色的想像力。以〈流星雨〉一詩為例，以大喻小，將兩人的相識描寫成星系與星系間的互動，一場偶然的流星降落，如果是不夠巨大的愛，往往一剎那就消耗殆盡，瞬間的光芒一閃而過。你說：

星座是想像

但故事是真的

此刻有人凝視　有人沉睡

這個世界有太多的願望
沒有夠大的傘
可以接住這場雨

調侃現代人喜歡討論星座運勢，感情的關係動人心魄，更甚神話敘事，只恨流星雨終究不是雨水，錯過的愛只能怨對方無法領會過大的引力？

你的情詩透露著疼痛與哀傷，如果背景在都會或公寓內，往往較為平實，但隨著你行旅的足跡往東海岸，海的遼闊，水族的巨大，都帶給你更出奇的想像，像是〈面向〉一詩，思念是一條長長的鎖鏈，你是面向著太陽前行的夸父，逐日如受難，鎖鍊牽繫著你的臟腑，最讓人疼痛的莫過於：

從我體內
拉出一隻巨大的
悲傷的鯨魚

道盡絕望的心緒，與孤寂的失落。循著同樣的情緒，〈虎鯨〉就更精彩，虎鯨又稱殺手鯨或殺人鯨、逆戟鯨，形體巨大，活躍於大洋中，無論是南北極、溫帶、亞熱帶或熱帶海域中，都可見到如島嶼般的身影，你將巨大的愛投射在孤傲、獨行與沉潛的對象上，對手是黑白分明的，更是不容許曖昧的，在眺望與守候中，你期望在虎鯨尾鰭劃出心狀的弧線中看見愛。

你常常是沉默安靜著，連笑也是淺淺的，讀你的詩才更能體會纏繞你的低沈，你正是一個〈擱淺的人〉，在充滿毀壞的情緒中，望著日夜反覆的海潮，期待著的美好出現又消逝，就如此生死輪迴間，習慣了絕望，受傷者彼此也會展開了對話，是否因此「詩」或「故事」就此出現，可以穿越黑暗？可以傳述過去種種？如果愛總讓你幻滅，我總期望你走出情感的圍城，帶著你的執著與批判力去看看更廣大的世界。

在縱谷的夜裡，我和一群年輕詩人曾一起隔週討論彼此的創作，在深入更深刻的意涵時，往往要藉助一些社會哲學或文化理論，你總能慧黠地為我補充。因此我讀《星系明體》時，也不停從充滿音樂性的情詩中，試圖找到你對世界的關懷。你畢竟屬於失落的世代，就如〈無法構築一座城市〉一詩，你虛構了一個渴望兩個月亮的都市，蕈類植株侵擾遊民的恐慌，以及伏流騷動在城市底部的氾濫慾望，無一不像一把手術刀，意圖劃破南方港都的病徵，最終你明白地指陳：

> 那些坐在咖啡店裡的布爾喬亞們
> 遺忘了今晚的音樂會。他們戴著
> 偽裝的助聽器，儘管早已失去了
> 耳朵。隔年，他們在演奏廳裡，
> 舉辦了一場助聽器的化裝舞會。

我想你想點出世人的善忘，以及不願意傾聽真相，在看似充分溝通的情狀下，其實沒有真正的意見交流，城市只是一個虛妄的空殼，你提出了沉痛的控訴。

　　期待你把情話道盡，在下一本詩集中又是一番新阡陌，有不一樣的心志，書寫臺灣更多樣的風景。

什麼時候我才能靠近你一點點——讀宇路《星系明體》

張寶云／國立東華大學華文文學系副教授、詩人

羅蘭・巴特《戀人絮語》中，在「難以言傳的愛」這一小節論及愛與創作時寫道：「寫作。誘惑，內心衝突，還有絕境；這一切皆因戀人要在某種『創造』（特別是寫作）中『表達』戀情的慾望而生。」（桂冠，95頁，2005年）上述的描寫我以為可當做宇路這本詩集《星系明體》的註解。

在炎熱高燒的2020年肺炎初夏時節，翻閱詩人的第一本現代詩創作，我想起很多冊男孩子們的初戀詩稿，不管他們是否是真正定義上的詩人，寫出來的是否是真正文學史上認可的詩作——那些都是很外圍的事物，這些男孩子們的青春、生命感、戀情的結節，都雕鏤在字裡行間。我像是極為清澈地看見，「我」與「你」之間的不可連結性、「你」的盛大輝煌對比「我」整個時空的經過，還有在創造中——就像宇路的詩語言是由「海」、「水」、「星」、「宇宙」所構築出來的你與我的結界、以及偶爾逸離主線的失控喃喃……，這幾乎是整部詩集的座標系統。

（難道愛情也是男子的成年禮嗎？除了「社會化」的要求之外？）

此詩集有四個分輯，除了在第二輯中有一系列切分出來的短語，第四輯中有較為龐大的組詩形成敘事的組織規模，多數詩作的音質像是輕聲細說的心靈軟語，氛圍在流動和感傷的細節裡徘徊，只要「你」一出現，周圍便是星、雨、水、海，「我」成為自己也難以把握的對象，「我」彷彿被拋擲到遠方、到天之涯地之角，「我」的不確定性是由「你」的豐盛而被生成的，於是宇路的詩之國度因此而充滿想像的彈性、感喟、還有創世神話，宇路說：「那是用人排成音符的地獄樂譜」、「你們要依這些顏色而活」（〈創世後七日〉）。

從羅智成的《寶寶之書》以後，戀人們都在做什麼呢？是否「每一天都像水一般漫開來」、是否「你引來了影子」（〈霧中〉）、是否「離開之後我想起種種經過」（〈離開〉）、是否「你從地上醒來／我從地上醒來」（〈將有恩慈〉）？當詩集的開篇第一首詩說道：「請教我如何成為天空」，我們才正無意間步入一種仰望的學習視角？愛情是需要學習的嗎？

妮可·克勞斯《愛的歷史》中提示我們：「體驗了感情之後，人們對感情的渴求日增。他們想要感受得更多、更深，即使有時感情強烈到令人傷心也無所謂。人們對感情上了癮，不時努力發掘新的感情。或許就在這種情況下，藝術因而誕生。藝術引發了新的喜悅，也帶來了新的悲傷，諸如生命的原貌即是永恆的失望、暫時免於一死的寬慰、對死亡的畏懼等等。」（上海文藝，128 頁，2015 年）

男子情懷中對愛情的不可解及感嘆會到什麼時候才散去呢？又或者這些真切的追問便構成了永恆了呢？

內向敘事者的心靈之歌

洪崇德 ／「每天為你讀一首詩」創辦人、詩人

多年作品結集《星系明體》，見證木訥青年宇路如何從一名初見偉大的魔法學徒，逐漸認識且發展自我的心靈之旅。

宇路固執於獨特的敘事技法，彷彿永不歇停的與自己進行薛西弗斯式鬥爭——一種不斷自我確認，起點即終點的心靈勞動：那些「滾下來」的自我，往往在下一段或下一首詩重新推回。其性格裡（面對週遭環境）柔軟似水與（未曾改變而顯得）堅硬如石的面向所彰顯出的自相矛盾，成為內在運作的動能。

與讀者溝通往往不是宇路的寫作意圖——大多時候，他更情願自我降低來避免衝突，致力鑽探內心世界的風景，藉以得出自我寬慰式的結論。以至於我們常常因他運用量詞指明事物的聚焦手勢，與書寫邏輯內向卻跳躍，重點一成形便遭蓋台的運動方式摸不著頭緒。

也許他遞迴反覆、高度相似的句式抽換，才是詩句真正的主軸。那造型藝術般地存在的外在敘事線條，樹立起裸露而風景相仿的心智迷宮，內裡藏著什麼？相較於存在本身，可能也不是那麼重要。

——這樣的寫作手法，是一種內向者在面對日益快速、訊息碎片化的外部世界下，徒勞營造的自我防線嗎？一個內心纖細敏感者，以降低自我來迴避所有與外界衝突的可能，換取的和平究竟是一種不自信的天真，抑或是向心靈內部慣性的求索與壓抑裡，試圖於意義窮盡的結尾處為自己轉一個舉重若輕的小彎？

始於「星系」，繼而「明體」。如見一窺探巨大與神秘，始覺己身渺小的青年詩人，終於從虔敬仰望走向理智旁觀，怯懦地表現自我，直至反覆打破認知界限的破立過程。宇路的創作永遠有著他者，「星系」裡明確的你，〈將盡〉裡的外力「風」，甚至可以是純粹在敘事中採取旁觀立場的中立自我。相近句式的微調和呼應，讓他者帶來的影響如漣漪，內心的意義鳴響被擴散至無窮遠處。

「水的形成」以水為自我化身，對心靈符號如水、石頭、花的精彩展現，不僅處理在人我關係的處境與自我認知問題，更重要的是符碼本身的定錨效果，適足以看作整本詩集的補充，讓我們對此書存在更深入的理解可能。「距離正在遙遠」收納的作品有別於其他，或許是對創作可能性的前瞻，也可能是回顧風格成形前個人意義較大的作品。卷末組詩〈親愛的 R〉誠摯且完美演繹了創作者在本書試圖展演的概念。我不知道 R 是否被設定為理想讀者，卻很確定我在閱讀過程完全將自己帶入了被傾訴者的位置。

生活像一張紊亂的心電圖，宇路總不慍不火的處理一切起伏。他的敘事是神秘的機械鐘錶，金屬撞針的輕微響動迴盪整座長廊。當時間過去……什麼都沒有解鎖。唯一的收穫，大概就是在一個內向詩人的心靈之歌裡更加認識了自己吧。

輯一 星系

請教我如何成為天空

請教我如何成為一片天空
讓我知道自己的乾燥
晴朗的時候就吹起風
若還有一點雲
就揉成心型送給你

讓我知道自己的過剩
今天還有閃電
明天就用掉一些
但我不想驚醒任何小草
讓我說雨
伴它們入睡

教我成為一種永恆

你的必需，常在四周的空氣

也教我瞬息變化的無常

擁有雨後的彩虹

和永夜裡溫暖的極光

請教我如何成為遼闊

但知道自己的渺小——

我不是宇宙，我不想

成為太大的宇宙

如果土地是你，請教我

如何只包容一個星球

藍綠色

選擇不去解釋海的藍色
當放縱逐漸成為水母飛行
觸手輕柔探進綠色，那是你
最平庸的邪惡

我已經太沉浸於
你美滿的腔調
也許藍色的本質就是
找一隻水母與你一起共舞或是
一起墜落，一起穿越地心以及綠色

我們都該是綠色
記得呼吸還有作夢
夢裡有樹枝狀剪影和一隻
沒有斑點卻擁有藍色眼睛的鹿

撥弄百葉窗簾

縫隙中透露你未來的秘密

一層藍色，一層綠色

而我願意成為最原始的藻類

佈滿全部的溫柔

晨景

清晨時為你

修剪過長而尖銳的指甲

梳理還未潤浸的思緒

氣息尚未分明

光即將竄出天際

花開在有霧的夢裡

彷彿聽見清響

眼角凝結的露水如鈴

記得潮濕的季節，記得雨

落成最後的故事

所有情節都

擲地有聲

忘記將自己排進行事曆

一些日子逐漸掉落

但你在其中仍是

最壯麗的風景

那些我們未曾想起

那時冬日漸暖

候鳥正準備離去

雪是尚未融化的雪

我以為在南方，看不到冷

而且透明的事情

像是隔一層薄

我在冰上，魚在水裡

有些事情不像冰

我喜歡鬆軟

以及埋藏在深處的

狐狸嗅到牠所喜歡

就一頭鑽進去

我喜歡狐狸

至於另一些則早已存放

收集成厚厚的脂肪

在這樣漫漫的冬季

就在夢裡

慢慢地回憶

我們等待雪的融化

這時冬日漸暖

在南方，看著候鳥

曾經來過復又離去

然而有些事情

我們仍未曾想起

遠方的天空有人的聲音

「你在不在？」
過去的日子被拋向草原
有些問號還沒有回答
勾成一整條
黑色的長圍巾

遠方的天空有人的聲音
訴說你不在的風景
他們的語音有男有女
有粗有細，偶爾講一陣子的話
有時則比毛線還要長
且柔軟

有時候還會跟我說話，告訴我

那是來自遙遠的我認識的朋友

被他們——我不確定是誰

——傳送至天空，再到我的耳際

「你在」

「不再」

輕輕在石頭上刻畫一些記號

沒有一本日記

會使我想起你習慣訴說

而我適合傾聽

你如此端正而我傾斜

有一種天氣

是冬天的雷響徹雲霄

可是沒有人聽見

有動物在長眠中醒來

寒冷使皮毛顯得溫暖

有筆直的道路穿越針葉林

有一種蒼白讓世界合理

是窗外看去的迷霧

是牆上的紋路更深或者淡去

有一種羽毛，翅膀展開

但沒有回去的方向

有一種水流動流動

看到的是真實

掬起就化為泡影

有一種雨落在地上

不會發出聲音

回來

你離開之後我的星球變得荒蕪

因為陽光過於強烈，沒有你

使它冷卻。島嶼不再適宜禽鳥

停駐並且安居樂業

牠們都朝海飛去

而且不會回來

而你還會回來嗎，我是說

回來這個沒有我的星球嗎

海裡還有魚類與藻

但已經沒有我

我已前往遠方

獵殺太陽

流星雨

在雲層之外的種種陣雨:

星系與星系之間

互相傳遞重要的訊息

一次撞擊

就是一片海洋

生命在幾千萬億年之後

從來不是那麼輕易

大氣過於稀薄

沒有氧氣仍然能夠摩擦

燃燒的碎屑被遺落

引力沒有來得及

記得它們

一次直接的落下

不夠巨大的愛 便消耗殆盡

發出的亮度足以照亮瞬間

仍有石頭躲在角落

不願擁有亮的那一面

星座是想像

但故事是真的

此刻有人凝視 有人沉睡

這個世界有太多的願望

沒有夠大的傘

可以接住這場雨

你舔舐我的憂傷

你舔舐我的憂傷，如母鹿舔舐小鹿
整理毛髮，黏膩的唾水
撫平原野，潤浸森林
裡面有著一顆突起
卻毫不起眼的石頭

你清澈我的真實，如一川河溪
進入湖泊，進入並且
滲透至每一穴魚蝦的巢窩
水草漂搖
你讓牠們吸收你
你使牠們清醒

你照亮黑暗；不，你產生黑暗

或者你就是我的黑暗

夜就是月亮的全部了

蝙蝠只聽得見自己的聲音

我只看得見你

你的夜無法止息

「黑夜給了我黑色的眼睛／我卻用它尋找光明」

——顧城

抽屜裡一只郵票給你

餐桌上一盞蠟燭給你

海裡的星給你

一整個夏天裡最美的

風景給你

絨毛玩具

給你，敗絮給你

打噴嚏給你

裂口中滋長的細菌

的憂愁給你

右腦給你

左手給你

夢中一頭不眠的獸給你

殘缺的心室給你

晝夜給你

北方最亮的一顆星給你

方向給你

星座永恆之存在

世界如常運轉

神祇給你

最後的結局給你

你是如此的對

我是那樣的錯

我無法再苟同你

曠野的靈魂

「我死於語言和訴說的曠野／是的，這些我全都聽見了。」

「星／我是多麼愛你／不愛那些鬼魂」

——海子〈星〉

流淌在

夜空中的白河

你聽見嗎?

那是我血液燃燒的奏鳴

一半的夜　是我的肉

一半的夜　是我的骨

你看見嗎？星

是我

靈魂的碎片

夜是曠野

願你日子如貓眼[1]

我願你昨日如貓眼

陽光穿入針孔

溫度將你一圈一圈縫得瘦了

你像梭子快速來回

在記憶的髮流之中

你有一雙綠色的鞋

寂靜底下是粉紅色肉球

我願你今日如貓眼

黑暗之中你看見我

你是寬大的，一簾布疋

將我包裹在圓形劇場中央

---

1 題目引自言叔夏句子。

所有目光都擊向我

我無法還以任何顏色

黑暗以外是透明

我願你明日如貓眼

拱頂之上，藍色水晶球之內

你預言我將跪拜為你的奴僕

愛情的，銀河系的

一顆星都不比你明亮

我奉你為主，抱你的肚腹

舔你的尾巴

撩過我的魂替我拂去塵埃

我願你日子如貓眼

願你的生命和我的

如陰與陽，瞳孔與虹膜

願我觸碰你如貓鼻

你呼吸我的呼吸

願我的思念使你噴嚏

願你看我就像貓

全心全意撲向一隻蝶

三角座星系

——致 Y

我在最遙遠的地方看見你。

東北季風吹向軌道

一路沿著縱谷

向南，卻彎不過

北回歸線，我在這邊

你在那邊。

在最遙遠的地方。

我看見你，一隻蜜蜂

穿入我的耳——

一朵只為你開放的花

——你的聲音穿不過山脈

如穴崮中總收不到訊號

一支已損壞的手機

接獲未知的來電。

在地表上。我裸視

在最隱晦的一角

以餘光，我看見你

—— hinc inde

與你之間，毋須折射

以及放大，再放大

清晰至六億像素

不僅只一張照片。

一座神秘的橋樑

你與仙女之間的距離

也許並不太遠。
但無論仙女有多神聖
偉大，或是與我之間
可能的碰撞，無關乎
看見或不見。

在不眠的夜，隔著一整個
宇宙我看見你。
無論晴或雨，無論你
身邊的星座多璀璨
你仍是我心之瑾瑜
在最遙遠的地方，我愛你。

輯二

明體

夢

夢是種子

以酒澆灌

枝葉繁茂

根系短淺

有聲音來

將它沖散

曾經

我曾經是風

你曾經是雨

雨在風裡

蒸發、嘆息

風在雨裡

你曾經是你

有一些雨

沒有落下來

曾經　之二

你現在還是雨的嗎?

我還是風的

我有點冷

你落下來的時候

記得多穿點塵埃

不要結成冰

你不會忘記我的樣子

因為我沒有形狀

因為你沒有記得過

將盡

風來了，我卻無法尋見
這些日子以來
菸已經熄了好幾根
為你散去的霧

被我丟在路旁的菸蒂
它們還好嗎
雖然可能沖向大海
還是會活得很久很久

捏在手上的菸
它還燙著
有沒有風
讓它燃燒
讓它熄滅

走過

有些夜晚就這樣過去了，沒有發出聲響。

而他們的眼神並不銳利，反倒有些哀傷，

說：「我們就要走了，你不挽留嗎？」

打造一間無光的暗房

拉起帷幕，一場完美的魔術

表演

即將開始：

世界的發生

滲漏一點秘密的可能

或許有時候是寂寞的

潮水也無法涉及的
乾燥，卻帶有鹽份

無殼寄居蟹踅出洞外
牠冷。

將有恩慈

陽光平均地灑落在地上
雨水平均地灑落在地上

每一處都明亮
每一處都濕透

你從地上醒來
我從地上醒來

失言

她踩到我的影子
連忙說對不起

她忘記有些話
不能輕易說出口
例如愛

如果那時有天空

重要的時刻你不在那
只是隨意地劃過——

當時撿拾的碎片
如今都掉了

而守在星帶旁
那些渺小的事物
卻顯得過於重要：

扮演搭配的角色

要如何才能活得快樂

例如看見一滴水落下

就給它眼淚的意象

給它一點猶豫的時間

讓它永遠不濺起水花

對面

我是雨天你是屋簷

你哭的，都是

我的淚水

雨人

雨淋在你身上

你淋在花上

花在雨中開放

你知道花

也知道一切（都是假的）

沒有一滴雨落在花上

你仍深信不疑

星星的名字

我說，我曾看過那些因為害羞而躲起來的星星。

它們在夢裡告訴我名字，可是我忘了，從此就不再看見它們。

我令它們生氣了嗎？如果我在長久的遺忘中，在某個蟲洞裡拾獲關於名字的碎片，我會穿越進去，直到發現它們的巢窩嗎？

水有時候不覺得自己存在

魚缸裡的每一顆玻璃珠都是特別的。

她們閃閃發亮，擁有各種顏色，

她們驕傲地說：「只有我是美麗的。」

魚缸裡的水草愛著玻璃珠。

可是他們是水草。

他們什麼都不是。

只有金魚游著，正在思考

三分鐘前牠愛的人是什麼模樣。

我討厭黑暗中的愛

巷子裡的貓是親人的。

為了得到撫摸和食物，

牠們必須是親人的。

蚊子喜歡貓。

她們喜歡親人的貓。

她們喜歡人在餵貓的時候，

偷偷叮上一口。

她們也喜歡亮著的路燈。

而我喜歡在路燈亮的時候，

偷偷去摸那隻親人的貓。

輯三

水的形成

每一天都像水一般漫開來

在這沒有火的城市點起一根菸

也許還不是甚麼嚴重的事

最近你開始學習日語

那些あいうえお　都只是偽裝

忘了給仙人掌澆水

有一天去看發現它們長成了闊葉林

並且開了花

你把它們晾乾，拿去菜市場

換一些蔥

用梳子削下了一些粉末

像星子一樣發著光

髮上的思線被縫在

一條純白色手帕上

女孩拿著它對你掩嘴偷笑
指甲剪成了新月
它們不會變成圓形的

捕捉一些食用蚊子
壁虎優雅地拒絕
你聽到牠對你說：我不會
強求不屬於我的東西

你戴的蛙鏡總是髒的
看著鏡子以為自己
也變成了霧
游著仰式想像
已經成為水

水花

在小水灘踩出花

有泡泡浮於其上

你以為

那裡沒有傷

此刻有許多秘密

淹過，如脂肪一般

濃稠而赤裸

泡泡消退之前

還有幾個字像你

我仍然不能懂得

有夢就要醒

有生，就活

代替

你喜歡魚缸裡的石頭

勝過擺在櫥窗裡

我喜歡水，但我

不是石頭

我喜歡魚

鬥魚死了

就買一條金魚

記得換水

但不要換掉石頭

我喜歡死

因為活著很累

換水的時候

讓水裡的空氣代替我

代替我活

井

我要說的，關於一口井
但不關於你
井底深深
散發水的氣息
例如一滴露珠
化為地下清澄的故事

我不再汲取任何
可以代換為你的形象
例如深不可測或是
純粹的黑暗等等
如果有那麼一點可能
我想與你一同
沉澱為礦物的結晶

硬質像是沒有任何

空間被妥協

如果我要說的你都明白

（或者假裝如此）

我願意透露更多

真實，以及偽裝的真實

不論　顆石頭是否能夠

激盪出沉重的回音

等待氣泡上升

我們的面容憔悴

像有裂縫的玻璃杯

你看到模糊的光影

戴著一頂寬大的黑帽

轉身向你，對你說：來

那是水中的倒影，但比你柔軟

想起你試著將鏡子潑溼，假裝

正在流淚（或者那是真的）

終究我們是盛不起眼淚的

如果可以，我也希望能夠

打翻自己，灑出最醇的酒

最後才發現那些

也不過是白開水

那就喝蘇打水吧

我聽見你對我這麼說

於是往水裡去尋找空氣

浮於過甜的液面，默默地

等待氣泡上升

霧中

回去的路上看見

你的影子，在霧中偶爾晃動

像是有人叫住你

你只是微微地回了頭

想舉起手又放了下來

藍色皮毛的外表

扮演一隻布玩偶

可是為什麼，在霧中

不相稱的可愛外皮

裡面卻填充著空虛

你的影子看起來

並不非常情願

表情透露出一點悲傷

拖著破掉的氣球，一步

一步地走

你引來了影子

背向

背向陽光
我看著
自己的影子

我的背上
開始發芽

它們開花
結果

我的背後
長出一片森林
森林的影子
覆蓋我

它們都是我的孩子

我看著我的孩子

面向

拖著一條長長的鎖鏈

往前走

鎖鏈穿進我的皮膚

扣著我的背脊骨

纏繞肺部

最後連至心臟

鎖鏈漸漸拉緊

我面向熱烈的太陽

從我體內

拉出一隻巨大的

悲傷的鯨魚

雨也狠狠地摔傷了

——致海子

我相信太陽也有黑色的

越是直視它的中央

就越黑

越是直視它的黑暗

就越光亮

我相信麥地的顏色是

火的顏色

我相信每一粒麥子

都是雨水的結晶

因為太過火熱

因為太過黑暗

因為它們是水

天上的太陽化成雨水

掉下來

就狠狠地摔傷了

看海

——致 R

你正在我看不見的地方看海

你正在我沒有到過的地方看海

你正在我到不了的地方

看海吟誦她的悲傷

以為就是你曾有過的悲傷

你閉上眼睛

看海在夢裡成為你的床

用海擦拭全身

擦乾你的悲傷

海將成為我的悲傷

你在看海的地方看著星空

星星說話的時候有火車經過

便載走了所有的聲音

你看著星星在海裡成為魚群

游過你的身邊就成為火

就像有人可以一起取暖

一直在你身邊看著你眼中的火

海上的風逐漸增強

有颱風將要來襲

它正用它的眼看著海

直到越過山脈來到我在的地方

我看著雲層就好像

我也正看著你的海

海上的人

我永遠記得的

一場大雨

一次旅行

走過的路全都塌陷

像那些傷

只有腳印微微浮起

微微發紅

你踩過去

有什麼好可惜的呢

被你丟掉的

今天

和明天

那些腳印

後來都變成了沙

浪沖過去

我們就都忘了

我在岸邊

看你走向海

後來你終於成為海上的人

可是沒有成為海

衣服有點濕

你活在它的裡面

我看見浪花

以為是你

那麼像你

從海裡來

又要在海裡消失

我在岸邊

像活著

被切開的魚

那麼新鮮

那麼地痛

我想不起來了

那些經過的人

他們的面孔

他們在笑

我聽見哭聲

虎鯨

我曾看見一座巨大的理想島國

起伏如帝國的衰亡

在海面上隆起

展現你——我確實可以

稱之為島的

一座孤傲的城堡

海面上的波光在周圍散落

光的反射

在身上毫不起眼

關於你的孤傲

其實只是沒有人明白

真正的群落

你是有夥伴的

數千萬年來

你的夥伴是海

更早之前是陸地

你有皮毛、利爪

以及尖銳的牙齒

你像獸一樣呼吸

吸吐著演化的證據

卻無法在你身上

黑白之間找到

更多曖昧的想像

你再次沉潛

用尾鰭劃出一個弧線

說你是愛的

擱淺的人

海潮來了

影子們緩緩上岸

你沒有接住的那些

如一具具水母屍體

乾燥，死去

黑暗來臨前滿潮

影子被沖回海裡

再度變回了魚

牠們張口呼吸

向彼此說話

牠們無法攝取

岸上的空氣

也討厭再次死去

漸漸牠們不再成為影子

說起了一個

岸上有捕魚人的故事

寫海

我不能再寫海了

海裡有鯨豚呼喊著

用我們聽不見的聲音

尋找同伴、食物和愛

牠們的生命是牠們的

我不能再寫牠們

生命的居所

我不能寫海邊

海邊的石頭都是磨損

它們還在成為最完美的圓

還在使自己的光芒釋放

但我看到的還是傷害

我不能再寫別人的傷害

我不能再寫珊瑚

牠們絢麗而柔軟

可總有一天會石化

潔白而更加堅強

那便是死亡，我不能

用它們的死換得別人的讚美

當然我不能寫海浪

因為海浪就是海的憂傷

是海的振動，海的頻率

而我的步伐踩在聲音

如此微弱，陷入太深

我害怕回不來了

我就是不能

我不能寫海

海是我的墨水

貝殼是我的鋼筆

每一道痕跡都是故事

它們有太多靈魂

我不要寫出來的字

有海的聲音

輯四

距離正在遙遠

將盡

那時照片中的你未曾正面看我

卻也完成如今在我生命中的一種隱喻

空了的啤酒罐

滾向無盡的跑道

聲音向著你前進

而你並未回頭，有風

穿過了我的身體

搖晃的步伐有時停止

有時踩空，我坐在操場

看時間繞過，一次一次

我的眼前

我並未轉動打火機的輪

火已經開始燃燒
在我點燃手上的菸
之前，我將菸灰
抖入另一個
空了的啤酒罐

體腔內煙霧散去
火熄了聲音仍在
你再一次經過了我

我的列車駛過你的列車

穿越彼此的隧道

每日我的通過

鐵軌的震動

——我的聲音終於

　　和你一樣遠了

風景正在倒退

我仍然是前進的嗎

你是否也和我一樣前進

你是否看見了山巒與海景

以為浪終於要撲向

我們到達不了的遠方

以為我終於也

駛在跟你相同的軌道

有一天我們是否會面對著行駛

我是否將會駛過你的列車

我的輪輾壓過你的輪

向彼此的身後駛過

而我的震動

將不再是我的

公路上浪費

我想我無法在
浪費時間的時候
想你；無法浪費
客運駛上公路
窗外的每個景色

路燈從樹叢的間隙
閃出光芒
夕日已落下
時間正在浪費
每一個里程標示

浪費對向車道
每個經過的大燈
公路旁的廣告看板

稻田和鋼鐵廠，有一隻鷺

正從煙囪上飛過

冷氣空調溫度緩緩

下降，車速未曾遞減

我拿起手機滑過

螢幕光照亮，輪廓

模糊映在車窗上

車上的人睡

或者不睡，總之

利用時間或浪費

半夢裡你又出現

我不確定那是不是真的

從陌生出發

人影搖搖晃晃

抵達另一種情怯

我不確定旅程

是回返還是離開

搭車是浪費時間

而我買了你的票

總想多夢一些

到達終點站

還是必須下車

每一個我都像他

我對著鏡子反覆擦拭我的全身;

我對著鏡子反覆擦拭他的全身。

伸出手來,手上開滿花

每一朵花都重複它自己

每一片花瓣

都在說我愛他

他的手是我的;

他的手臂是我的;

他的手指是我的;

他的指甲是我的;

他的指紋是我的;

「生命的河,流動的血液……」

他的身體是土壤

每一個毛孔都是我的穴居

長出來的每一個我

都像他

看見

「你看見了我吧／你看見了我嗎」

——張懸〈模樣〉

我看見你的時候

你坐在我的對面

你一直是我的對面

你看見我了嗎？

你看見我了吧。

你先是痛苦

然後成為別人的痛苦

痛苦時你不說話，只是笑

我看著你笑

也喜歡看你不笑

「你還好嗎？」

我總是這麼問你

你好嗎，你好不好

我看見你總是

不好的時候

你好的時候

便是我的痛苦

你睡了吧。

你睡了嗎？

你做夢的時候

我總是清醒

我醉了

而你正在離開

我離開的時候

看著你，盡量

發出最小的聲音

存有

「你怎麼不去行走世界

讓所有人看看你的足跡？」

陸地並不因海水而孤立

意志連結了話語，話語

也連結了意志

有人走出他的埃及

「你怎麼不去疊造屋房

磚瓦都成為有用的工具？」

矮牆、高塔、庇護的居所

窗外，屋脊連著屋脊

有規律的起伏，雨水

從屋簷進入另一個屋簷

「你怎麼不去耕鋤農田
豐美的穗實、繁複的葉絡」
看那禾苗生長，根系穩固
生命活躍於土地之間
罅隙中皆有你我
此處便是樂園

「你怎麼不去撼動地表
石頭的紋路，都是你的真實」
如何以存在證明存在本身？
堅硬是否不同於透明？
如果此處有光，你要如何
穿過所有虛偽的價值？

離開

離開之後我想起種種經過
初遇如露水般清澈，散發光芒
自芽葉上滑落並穿透我們
第一次的談話，我猶記得
並將那些聲音寫在筆記本上
偶爾翻開但不將它們唸讀出來
只是放在心的深處，最深處
原本是黑色卻因它們而照亮
也同時有了重量，不再輕易
被風吹散，凋萎的葉子終於落下
於那之前我在狂風不止的夜裡
看不見我想找尋的人

我想找尋的人，我並不知曉姓名

直至遇見了你。當時我非常篤定

像刻印在石上的文字無法磨滅

我以為可以繼續寫下我們的故事

完成一部陳腐的愛情劇本。

但序幕之後，膠捲便軋然

斷裂。時間如常運轉，而我未發覺

一切皆曝了光，無法紀錄的底片

在我眼前凌亂散落。離開之前

我一直想面對並直視你的眼神

卻始終只看見你長髮遮住的側面

我沒有道別，只是看著你的側面

然後離開。也許這樣的選擇是對的

也或許不是，因我是在不對的時間

遇見不對的人。曾經誠實的告白

如今都成了最大的謊言，像雨水落下

將名字從石上沖刷、侵蝕、風化

我在雨中靜靜地遺忘你的臉孔

也遺忘雨傘，不去管雨季已經到來

我在雨後靜靜地穿梭於城市裡

看潮濕的牆角長出雜草和蕈菇

至於排水孔裡永遠長不大的樹苗

已經在我看不見的地方，冒出新的枝椏

螢

1.

尋找乾淨的水源

在其中生活

2.

一處燒毀的工廠

有人走近

有人墜落

木地板上一個巨大的缺口

我不知道你在另一邊等我

3.

垂墜的燈泡

不會發光

你看不見

你看不見

4.

我渴望擁抱

髒了也沒關係

因為很暗

我們就靠在一起

就算受了傷

我可以不要哭

如果還有遠方[2]

1.

如果我們將要旅行

請帶我到南方的

更南方

如果那裏存在一個島嶼漂浮於

海的中央

---

[2] 記電影《帶我去遠方》。謹獻給導演傅天余，以及所有喜愛《帶我去遠方》的觀眾。部份詩句改自《帶我去遠方》相關網頁。

2.

那裏的世界繽紛

像柑仔店裡的糖果

陽光的顏色飽滿

天空是綠色

海是黃色，貓是紅色

而你正走在藍色的步道上

聽聽風的歌

3.

為了向世界打招呼

我們學會握手

學會輕撫彼此的胸口

學會親吻對方的臉頰以及

觀望靈魂色彩的窗口
學會以最誠摯的心為彼此祈禱
並且相濡以沫

4.

如果有一天看見的世界
不太一樣，請你愛我
請你帶我
去看不見的遠方

造字的人

「我畫著，歲月自手邊流逝，

你們和他們，終將成為彼此的影子……」

——雷光夏〈造字的人〉

【你們】

你們會在那裡嗎

當我遺忘快樂的時候

畫著一隻後空翻的象

「牠已經沒有馬戲團了。」

如果有一個字

能夠令我想起來

【他們】

他們哭泣

因為牠死了

他們成為牠的嚮導

牠的骨頭

牙齒

毛髮

牠是他們失去的聲音

聲音是一頭假象

【彼此的影子】

你們和他們

終於還是成為彼此的影子了

這端

與那端

當門開啟

象發出了牠的聲音

馬戲團迎接牠的到來

感覺

【我感覺】

沒有感官的感官

沒有指紋的人偶撫觸

我，感覺

感覺刺痛的稻草

感覺好的一切都是壞的

我感覺花朵

在身體有一千萬種綻放

感覺鼻子裡的細胞

感覺信裡的問候都聽成話語

感覺舌頭溶化

吞下去就孵出蝴蝶

字典是一個巨大的卵巢

感覺水母中的水

生命不過輕浮

感覺海溝最深處

不只是妳的憂傷

感覺愛

是唯一的邪惡

我感覺溫柔

將明日降溫

我們合宜的氣候

【感覺我】

我們合宜的氣候

將明日降溫

我感覺溫柔

是唯一的邪惡

感覺愛

不只是妳的憂傷

感覺海溝最深處

生命不過輕浮

感覺水母中的水

字典是一個巨大的卵巢
吞下去就孵出蝴蝶
感覺舌頭溶化
感覺信裡的問候都聽成話語

感覺鼻子裡的細胞
在身體有一千萬種綻放
我感覺花朵
感覺好的一切都是壞的

感覺刺痛的稻草
我，感覺
沒有指紋的人偶撫觸
沒有感官的感官

故事

那時我在彼端，不知為何目的地走著。天色微暗，我在地上發現一枚發亮的硬幣，印著一個側臉人像，人像下方只寫了一行字：2050-2085。

我看著這個年輕的輪廓，開始想像他不算太長的一生：在他拿到博士學位後兩年，正是他聲名大噪的時期，媒體上報導她背叛的消息。某晚他喝了酒，失意地走在街上，一時不注意的車輛結束一個人的生命。告別式那天她出現在會場，臉上滿是歉意，但是她只說了一句話：「我不愛他。」便消失了。他留下的日記中寫道，他難過僅僅是因為背叛，但不怨恨她和另一個她結了婚。她在離開的那天留了一張字條，『〇〇〇，我只准你怨恨我一個人。』她心底明白，他是不會恨她的。

我回來時是 2009 年 9 月。每當我說完這段故事，大多是引起一些訕笑，你到哪裡夢遊去了？諸如此類。訕笑又算什麼呢？比起背叛，那只不過像是一粒沙子掉進眼睛，痛的不是眼睛，而是那粒沙子。

夜燈於是暗地流淚。夢裡的時鐘已經
不會走了，如蛇的貓尾仍規律擺動。

4.

人們的慾望及悲傷逕流至深黑的溝渠，匯集成一條
暗紅色巨大河流，漫過城市核心地帶，並且定時氾濫。
河港的船隻偶爾發出哀鳴，沉重的貨櫃載進載出。

5.

那些坐在咖啡店裡的布爾喬亞們
遺忘了今晚的音樂會。他們戴著
偽裝的助聽器，儘管早已失去了
耳朵。隔年，他們在演奏廳裡，
舉辦了一場助聽器的化裝舞會。

無法構築一座城市

1\.

市民渴望擁有一對月亮，所以挖掘了一池水塘。
為了避免魚族入侵，他們培養出具有抵抗能力的水藻，
以排除水中的月亮在夜晚被吃掉的可能性。

2\.

下起了雨，車站前廣場地磚排列成整齊的方格結晶體。
一些散落的菌種開始生長成蕈類植株，發展出子實體。
孢子群落蔓延，引發咳嗽，並且造成街上遊民的恐慌。

3\.

擁有一對翡翠綠雙眼的虎斑貓從屋頂
潛入閣樓，在屋梁上細細窺探孩子的
夢。月光佔據臥房裡的空氣，床頭上

創世後七日

I

世界被創造之後，一切都已備齊了

唯獨沒有一些顏色。神說：

「你們之中必要有人作種。」

有人死了，埋在土裡便長出一株情感樹

眾人吃下果子，就有了哭笑，彼此擁抱。

II

世界第二日，花各自擁有了名字。

它們得以認識並辨認彼此。

它們長出翅膀，但還不會飛翔，發著光，

排列整齊像暗夜公路上的路燈

照亮河道指引出方向。

III

世界第三日神堆起了沙堡

像是掩護一個秘密；所有的

島嶼都因那座沙堡而展開它們

各自的旅行，背負各自的

森林；鳥獸前往今日居住的海洋。

IV

世界第四日眾人們釀了一些酒

備了酒肉向偽神獻祭

他們唱起詩歌，圍了圈跳舞

偽神賜給他們平安幸福

他們睡著後，一切像是從來

從來沒有發生過。

V

世界第五日終於下了第一場大雨

雨水模糊了各種地名、指示牌

君王們也因為失去方向而放棄打仗

鐵匠專注於研發新型的菜刀

更好的料理餵飽了許多遊民。

VI

世界第六日，以聲音為食的蟲子

聚集在峽谷，排放出各種回音

奏成了一曲死亡音樂

所有經過峽谷的人都掉下了橋

有活著回來的說：

「那是用人排成音符的地獄樂譜。」

VII

世界第七日，神湊齊了所有顏色

編織成一條彩虹，祂說：

「你們要依這些顏色而活。」

但至今我仍看到許多樹

它們生長出我從來沒看過的果實

飽滿多汁像是神自己的顏色。

親愛的 R

（一）

親愛的 R,

你能承受嗎，我一整個春天的死亡？
即使那些已經是最輕、最輕的東西了
有一些鳥類飛走了——譬如鴿子之類
你以為掉下的會是羽毛，可惜不是

櫻花和流蘇都開了，一簇紅一簇白
但不一起凋謝。而且你明白
它們都是不一樣的東西
原本我也要開了的，但是你不明白

我不明白你究竟不明白什麼

一切明明都是如此地白

可是你不來，天就要黑了

還有什麼能比你走過的陰影更黑

你再不來，那些輕的都已經飄走

剩下一些沉重的石頭，剩下我了

我想問你：究竟拿不拿得起來

剩下的死掉的東西，跟我一樣

死掉就可以隨意地拋棄嗎？

死了之後冰冷，像雪一樣

雪是柔軟的，但石頭是硬的

春天來了，就可以把雪花拋棄嗎

就連花都知道，凋謝的時候

還要留下美的風景，像下雪一樣

雪是冰冷的，可春天不是

天氣已經漸漸變暖了

此時我想寫給你一封信

用親愛的 R 當作開頭，因為我

愛你，但不是因為你要走了

因為現在還是春天，我必須現在告訴你

S

（二）

親愛的 R,

記得我寫給你的第一封信，我說
有些鳥類飛走了：我太渴望飛行
甚至忘了如何好好行走像一個人
從這一步踏到下一步，用一雙腳

一雙腳是一個人的，左右
對稱，但我擁有兩隻左腳
是兩隻長得像右腳的長在左邊
因為你也有兩隻右腳

我以為我們是對稱的，我看見
你像另一個更浪漫的自己
比我更擅於飛行，像我渴望的那樣
沒有羽毛，卻灑下滿滿的鱗粉

使人打起噴嚏，飛沫佈滿空氣
它們並不下墜，且有所意圖
感染別人也長出一雙腳，然後
忘記如何長出對稱的另一個人

沒有任何事是完美的
就如同人不是完整的對稱
心偏了一邊，肝只有一個
就算擁有兩隻左腳仍然渴望飛行

而你終究還是背叛地球

逃往另一個對稱的地球了

你沒有看到月亮在偷偷地哭

灑下滿滿的光如那些飛沫和鱗粉

一個地球也只擁有一個月亮

你也許會問我：在另一個月亮上

是不是也擁有一樣的重力和

對稱的山谷，一樣容易飛行

我將如此回答你：只有同時站在

對稱的兩個，我這邊的月亮

還有你那邊的，同時以我們不對稱的腳

用力跳起，才會往反方向飛行

S

（三）

親愛的 R,

想不起來究竟允諾過你什麼
也曾經好一陣子沒有收到你的消息
害我以為你真的逃到另一個地球
或是平行時空裡去了

只是一直記得說過要寫一首詩
「我想成為曠野的靈魂」——
用你給我的題目——給你
但我一直寫不出來，不是我不想

如果不是要我寫詩，我也真的想
成為曠野的靈魂。如果你就是曠野
我就可以成為你的靈魂
你就是我靈魂的曠野，那樣多好

如果你回來了，我可不可以聽你說說
另一個地球上的事情，在那裡
有沒有曠野，曠野裡面有沒有靈魂
那些靈魂是不是也長得與我很像

靈魂到底有沒有腳呢？這個問題
存在我心裡已經很久很久
如果我成為靈魂，會是什麼形狀
如果你是曠野，可不可以讓我奔跑

就算我無法像一個人好好地走

我也可以奔跑，像一隻有腳的靈魂

可以大叫，也沒有其他人會聽見

不必擔心我在曠野裡會感到寂寞

S

（四）

親愛的 R,

最近我住在一個隱密的樹洞
以為不會被任何人發現
總是從洞口悄悄探出頭
看看外面有沒有人

我原本只是想在裡面躲雨的
但你知道嗎？樹洞也會隨季節更迭
也會下雨。裡面泥濘的時候
會把住在裡面的我吐出來

溼透的我仍繼續住著

等待動物們來樹洞講話

也回應給牠們一樣的叫聲

假裝我不在那裡

可是長頸鹿的脖子很長，發現了

住在裡面的我。牠對著我說

做了一個很遠很遠的夢

夢見自己正在等待明天

「我們都是在夢裡等待明天

　但不是每個明天都同樣遙遠」

牠想了想，說很喜歡這個樹洞

可不可以也住進來，看看裡面

「做夢的時候，可以再來找我說話」

牠走遠了。但我仍能看見牠的身影

在遠遠的地方，偶爾望著天空

看那些變成星星的希望

S

（五）

親愛的 R,

你不再看見我丟過去的流星了嗎?
雖然它們有些是亮的，有些是暗的
但每一顆我都用心擦拭過
它們一直都是我給你的流星

我們之間的空氣太過稀薄
沒有空氣的時候，聲音都傳不過去了
只能看見彼此，似乎比隔著一道牆
或是身在雲霧中還要令人不安

知道你明明還在，卻只能用流星傳遞訊息
更可怕的是，有時候發現接收到的
是我發出去的、反射回來的光
我無奈，只好收起來，不再發光

可惜了那些流星，它們的光是我給的
我把光收回來，也就跟著不再亮了
不發光的時候它們就只是普通的石頭
雖然你也喜歡石頭，可是你看不見它們

什麼時候你會再看見我給你的流星呢?
我們之間相距多少光年，多少萬光年
我們之間該用什麼單位計算才合適
什麼時候我才更靠近你一點點?

S

（六）

親愛的 R,

距離上一次的流星雨是多久呢?
每一次我都期盼，然後落空
甚至不知道它們是否真的接近過
是否真的曾想要接近這個星球?

也許它們經過，我卻迷失在這個
太大的夜空。夜空仍有星群閃爍
像從葉隙間灑落的陽光。也許
天空就是一棵大樹，黑暗是樹葉

而我繼續仰頭引頸，越伸越長

終於我也成為一隻完整的長頸鹿

每天晚上啃食黑暗，希望有一天

能夠看見黑暗後面的日光

但夜晚太長，黑暗不斷生長

然而我只有一個人，一直都是

我沒有辦法啃食完它們全部

直到黑夜充滿我的身體

如果我可以選擇，我希望成為

一隻行動遲緩的雷龍，或者

一隻夜鷺——擁有黑夜的翅膀且

能夠飛翔，就算我從來都不知道方向

S

（七）

親愛的 R,

春天可以有多少種死法？這也許
是我問你的最後一個問題。我知道
你或許不能回答我關於什麼是愛
什麼不是，請容我在玫瑰凋萎之前——

問你春天是如何死去的問題，關於
一朵花，或是一場雨都曾是過去
再過去會是什麼？是一滴眼淚
或一個結局——都將與你再無關係

像是影子和物體沒有關係
太陽和黑暗也沒有關係。玫瑰和死
鯨魚和擱淺之類。誰是誰的曠野
或是靈魂（也都沒有關係）

但我還記得。春天之後的夏天
秋天以及冬天，他們都記得
準時依序地前來——也許有過
聖嬰的祝福，有比較暖的冬天

所以我不該如此問你
關於春天如何死去的問題——
重生是不是更好的結局？我知道
門外的院子仍有種子等待發芽

而我要走出去看看土壤

看看草地，然後站著凝視陽光

把自己也種下去，總有一天

我也能夠成為一棵常綠植物

S

親愛的 R【後記】

新年新希望是要成為一棵樹。

「願散開的枝葉有光進來，不要支解。

　願有風親近躁動的心，切勿熄滅。」

你這麼說。

小文藝 010

星系明體

作　　者：宇　路
美術設計：徐莉純

總 編 輯：廖之韻
創意總監：劉定綱

法律顧問：林傳哲律師 / 昱昌律師事務所

出　　版：奇異果文創事業有限公司
地　　址：台北市大安區羅斯福路三段 193 號 7 樓
電　　話：（02）23684068
傳　　真：（02）23685303
網　　址：https://www.facebook.com/kiwifruitstudio
電子信箱：yun2305@ms61.hinet.net

總 經 銷：紅螞蟻圖書有限公司
地　　址：台北市內湖區舊宗路二段 121 巷 19 號
電　　話：（02）27953656
傳　　真：（02）27954100
網　　址：http://www.e-redant.com

印　　刷：永光彩色印刷股份有限公司
地　　址：新北市中和區建三路 9 號
電　　話：（02）22237072

初　　版：2020 年 6 月 30 日
ISBN：978-986-99158-4-7
定　　價：新台幣 300 元

本創作獲財團法人國家文化藝術基金會出版補助　國藝會 NCAF

國家圖書館出版品預行編目 (CIP) 資料

星系明體 / 宇路作. -- 初版. -- 臺北市 :
奇異果文創, 2020.06
面 ; 公分. -- (小文藝 ; 10)

ISBN 978-986-99158-4-7 (平裝)

863.51 109009491